Pris au piège!

Tu peux retrouver
Spirulina dans :

L'épave hantée

Gare aux pirates!

La chasse au trésor

Cap-aux-Sirènes

Pris au piège!

Kelly McKain

illustrations de Cecilia Johansson

Texte français de Laurence Baulande

Éditions SCHOLASTIC

Pour ma maman

Catalogage avant publication de Bibliothèque et Archives Canada

McKain, Kelly

Pris au piège / Kelly McKain; illustrations de Cecilia Johansson;
texte français de Laurence Baulande.

(Cap-aux-sirènes)
Traduction de : Whale rescue.
Pour les 6-8 ans.

ISBN 978-0-439-93543-2

I. Johansson, Cecilia II. Baulande, Laurence III. Titre.
IV. Collection : McKain, Kelly Cap-aux-sirènes.

PZ23.M3365Pr 2007   j823'.92   C2007-900067-3

Édition publiée par les Éditions Scholastic,
604, rue King Ouest, Toronto (Ontario) M5V 1E1.

5 4 3 2 1   Imprimé à Singapour   07 08 09 10 11

☆ Chapitre Un ☆

Je suis une sirène, une jolie sirène.

Sur mon rocher, je me fais belle!

Il fait un temps magnifique à Cap-aux-Sirènes. C'est une journée idéale pour jouer sur la plage ou sauter dans l'eau et s'éclabousser. Mais Spirulina n'a personne avec qui jouer. Ses sœurs préfèrent rester sur leur rocher, à se coiffer et à chanter des chansons de sirènes.

Spirulina se joint
à elles, mais change
exprès les paroles.

Coquillane pousse
un petit cri et se
bouche les oreilles.

Dommage que je m'ennuie
tellement, tellement!

— Ce ne sont
pas les bonnes
paroles! lance-t-elle.

— Peut-être, mais
c'est vrai que je m'ennuie beaucoup,
grogne Spirulina. Pourquoi ne jouez-vous pas
avec moi? Je veux m'amuser!

— Mais si on joue, on aura
les cheveux tout
emmêlés, réplique
Coquillane.

Au même moment, un banc de poissons argentés
passe tout près du rocher, étincelants dans
la mer bleue.

— Ces petits poissons seront plus amusants
que vous deux, dit Spirulina
en regardant ses sœurs
d'un air renfrogné.
Je vais aller
jouer avec
eux!

Là-dessus, elle plonge du rocher et disparaît dans
l'écume des vagues.

— Attention aux filets! crie Coralie.
Il y a des bateaux de pêche
dans les environs!

Mais Spirulina ne l'entend pas.
Elle est déjà loin en mer,
avec ses amis les
poissons.

Quand Spirulina arrive à Pierres-aux-algues, le
terrain de jeux des petits poissons, elle a une belle
surprise. Un baleineau est là!

— Bonjour, je m'appelle Spirulina, dit la petite sirène.

— Et moi, c'est Plouf, répond le baleineau. J'ai suivi les poissons argentés. Allez viens, on va jouer!

Les petits poissons laissent Spirulina et Plouf participer à leurs jeux.

Ils jouent à Poisson-papillon endormi…

… à Poisson et requin…

... et à Algue sur le piranha.

Ils s'amusent comme des fous! Mais tout à coup,
Plouf s'immobilise.

— Qu'y a-t-il?
demande Spirulina.

Plouf regarde en haut,
puis en bas, et commence
à pleurer.

—Je ne vois plus
ma maman, gémit-il.
Je suis perdu!

☆ Chapitre Deux ☆

Spirulina met son bras autour de Plouf.

— Ne t'inquiète pas, dit-elle. Nous allons retrouver ta maman. Où étais-tu avant de suivre les petits poissons?

— Je ne me rappelle pas, sanglote Plouf. Et j'ai oublié de lui dire où j'allais!

—Je vais sûrement
trouver une idée,
promet Spirulina.

Elle réfléchit encore
et encore jusqu'au
moment où…

— Ça y est!
s'écrie-t-elle. Nous allons
chanter le chant des baleines!

— Qu'est-ce que c'est? demande le plus petit
des petits poissons.

— C'est un chant spécial que les baleines
peuvent entendre de très loin, explique Spirulina.
La maman de Plouf nous entendra
et viendra le chercher.

— Hourra! crie Plouf.

Tous ensemble, ils entonnent le chant des baleines.

Ohé! les baleines, dans la mer, là-bas, écoutez ma chanson et venez à moi!

Puis ils attendent… mais la maman de Plouf ne vient pas.

— Encore une fois! crie Spirulina. Aussi fort que vous le pouvez!

Ils chantent de toutes leurs forces jusqu'à ce qu'ils n'aient plus de voix.

Soudain, ils aperçoivent
une ombre énorme
qui approche.

— Regardez, ma maman arrive!
s'exclame le baleineau, ravi.
Les petits poissons poussent des cris
de joie et félicitent Spirulina.

Mais quelque chose ne va pas…

— Ce n'est pas ma maman! souffle Plouf. C'est un bateau de pêche!

Un filet traîne derrière le bateau. Spirulina et ses amis se mettent à crier et essaient de s'échapper, mais c'est trop tard. Le filet les attrape tous!

— Vite, tortillez-vous pour sortir! hurle le plus petit des petits poissons.

Les petits poissons se tortillent tant et si bien qu'ils réussissent à s'échapper.

Plouf et Spirulina se tortillent aussi, mais ils sont trop gros pour passer entre les mailles du filet. Désespérés, ils agitent violemment la queue.

Le bateau de pêche tangue fortement, et le filet commence à se défaire.

— Nous sommes presque libres! crie Spirulina. Continuons!

Les cordes sont sur le point de se rompre quand…

— Aaaaah! hurlent les deux amis.

Le filet est remonté hors de l'eau. Plouf et
Spirulina sont pris au piège!

☆ Chapitre Trois ☆

Quand les trois pêcheurs voient le filet, ils sont stupéfaits.

— Ça alors, une vraie sirène et un baleineau! s'exclame l'un d'eux.

— Laissez-nous partir! crie Spirulina, qui se débat encore.

Le plus grand des hommes
se penche et commence
à démêler le filet. Il a les
cheveux roux, comme
Spirulina. Il sourit
à la petite sirène,
qui lui rend
son sourire.

— Laisse-la où elle est, Le Bonasse! lance l'un
des pêcheurs pendant que son compagnon jette
l'ancre. Les gens paieront cher pour voir
une sirène. Nous la montrerons dans les foires
et nous ferons fortune.

N'est-ce pas, Le Rapide?

— Ouais, Le Marin, répond Le Rapide. On la mettra dans un tout petit aquarium; ou peut-être qu'un grand seau suffira.

Spirulina frissonne.

— Vous ne pouvez pas me faire ça! s'indigne-t-elle.

— Bien sûr que nous le pouvons, ricanent Le Rapide et Le Marin.

Les deux hommes ramènent le filet sur le pont et en sortent Plouf.

Le cœur de Spirulina bondit dans sa poitrine.

— Au moins, ils vont te laisser partir, Plouf!
dit-elle.

Mais non. Les deux pêcheurs attachent le
baleineau sur le pont avec des cordes solides.

— Comme ça, tu arrêteras de faire
tanguer le bateau, grogne Le Marin.

— Oh, s'il vous plaît, ne faites pas ça! supplie Le
Bonasse. Ce n'est qu'un bébé!

— Toi, le gars au cœur tendre,
tais-toi! persifle Le Rapide.
Le Bonasse baisse
la tête.

Ensuite,
Le Marin et
Le Rapide
attachent
Spirulina
au mât
du bateau.

— Tu ferais
mieux de te
tenir tranquille,
la sirène, sinon…

Spirulina est furieuse. Mais elle sait qu'elle doit
s'échapper pour sauver Plouf.

— Viens, Le Marin. Allons chercher quelque
chose pour emprisonner cette sirène
embêtante, dit Le Rapide.
Toi, Le Bonasse,
surveille-là.

Le Bonasse s'approche de Spirulina et se tient près d'elle. La petite sirène réfléchit un moment.

— C'est bien d'avoir le cœur tendre, dit-elle en souriant. Et vous pourriez aussi être très courageux, si vous essayiez.

Le Bonasse cligne des yeux.
— Tu crois vraiment? demande-t-il.
Spirulina hoche la tête.
— Bien sûr, répond-elle. Vous pourriez essayer dès maintenant, en m'aidant à m'échapper.

Le Bonasse semble sur le point d'accepter quand Le Marin et Le Rapide réapparaissent sur le pont avec un grand seau. Le Bonasse leur lance un regard inquiet.

—Je ne peux pas, marmonne-t-il. J'aurais des ennuis.

— Alors, aidez au moins le pauvre Plouf, chuchote très vite Spirulina. Les baleines n'aiment pas être hors de l'eau. Plouf a besoin de rester bien mouillé. Vous pourriez utiliser ce seau pour l'asperger d'eau.

— Holà! Le Bonasse,
arrête de bavarder
avec la sirène et
va nous préparer
des sandwiches
au thon! hurle Le Rapide.

Le Bonasse regarde tristement
Spirulina, et se dépêche d'obéir. Mais avant
de descendre sous le pont, il verse
en douce un seau d'eau sur Plouf.
Spirulina sourit et commence
à chercher un moyen
de s'évader.

⭐ Chapitre Quatre ⭐

Plic! Plac! Ploc! Plic! Plac! Ploc!

Qu'est-ce que c'est? Spirulina écoute attentivement…

Les petits poissons! Ils doivent nager tout près du bateau.

— Psst! Petits poissons! souffle Spirulina. Vous êtes là?

— Oui, répond le plus petit des petits poissons.

— C'est bien, murmure la petite sirène.
J'ai besoin de votre aide. Pouvez-vous
attirer l'attention du Marin
et du Rapide?

— Pas de problème,
chuchote le plus petit
des petits poissons. On va rigoler!

Les petits poissons nagent près du bateau,
mais juste hors de la portée des deux hommes,
en se moquant d'eux pour les énerver.

— Grrr! grogne Le Marin. Si je vous attrape,
je vous transforme en pâté à sandwich!

Spirulina se met au travail.
D'abord, elle se tortille
pour glisser sa main
jusqu'à sa ceinture
à outils. Puis elle attrape
sa scie et commence
à scier les cordes.
Cela prend beaucoup de
temps, mais elle arrive enfin
à se libérer et se glisse aussitôt sur le pont.

— Youpi! crie Plouf. Je suis sauvé!

— Chut! fait Spirulina. Ils vont
nous entendre.

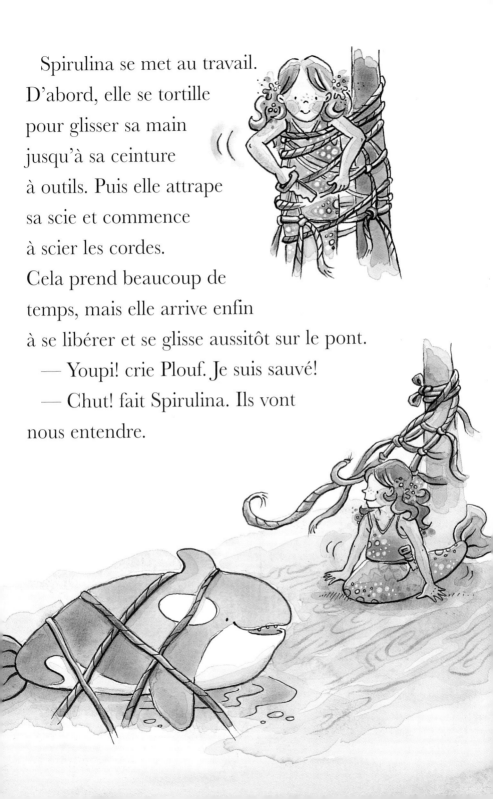

Spirulina se met à scier
les cordes qui retiennent
Plouf, mais elles sont
trop épaisses.

— Oh non!
gémit Plouf,
qui se remet
à pleurer.

En entendant le baleineau sangloter, Le Marin
et Le Rapide se retournent.

— Hé! arrête ça! s'exclament-ils;
et ils se lancent à la
poursuite de Spirulina
sur le pont.

Le Marin l'attrape,
mais elle lui glisse
entre les doigts
et plonge dans
la mer.

— Suivez-moi! crie-t-elle aux petits poissons.
Retournons à Pierres-aux-algues!

Une fois là, Spirulina va trouver le piranha.

— Peux-tu nous aider, s'il te plaît?
lui demande-t-elle poliment.

— Pas question! grommelle-t-il.
Je n'ai pas aimé que tu
accroches des algues
sur mon dos!

Il gronde en lui
montrant les
dents.

Spirulina fait un bond en arrière.

— Oh, s'il te plaît, ne me mords pas! s'écrie-t-elle. Je suis désolée pour les algues. Nous avons vraiment besoin de toi.

— Ah oui? fait le piranha en s'approchant.

— Oui, répond Spirulina. Nous avons besoin de toi parce que tu mords mieux que quiconque.

Le piranha semble ravi.

— C'est vrai que je mords bien, dit-il. Bon, qu'est-ce que je dois faire?

Spirulina explique son plan aux poissons, puis ils repartent tous vers le bateau de pêche.

La petite sirène grimpe à bord avec le piranha caché dans ses cheveux emmêlés.

Le Bonasse est toujours dans la cale, mais Le Rapide et Le Marin sont en train de remonter l'ancre. Les petits poissons nagent vers eux et recommencent à les narguer.

Spirulina prend une grande inspiration, croise les doigts et se précipite vers Plouf.

☆ Chapitre Cinq ☆

Croc! Croc! Croc!

Les dents du piranha brillent comme de l'acier.
En deux secondes, il tranche les cordes de Plouf.

— Merci beaucoup! chuchote Spirulina.

— Tout le plaisir est pour moi, répond le
piranha, qui saute en l'air pour retourner se
cacher dans les cheveux de la petite sirène.

Spirulina essaie de pousser Plouf par-dessus bord quand Le Marin l'aperçoit.

— Oh, non! gronde-t-il.

Il se rue sur Spirulina et l'attrape. La petite sirène se débat de toutes ses forces, mais cette fois, elle ne parvient pas à s'échapper.

Plouf commence à s'agiter dans tous les sens, ce qui fait tanguer le bateau… jusqu'à ce que Le Rapide coure s'asseoir sur lui.

Plouf et Spirulina sont de nouveau pris au piège.
Mais la petite sirène refuse d'abandonner.

— Vite, les amis, chantons
le chant des baleines!
crie-t-elle.

> *Ohé! les baleines,*
> *dans la mer, là-bas,*
> *écoutez ma chanson et*
> *venez à moi!*

Spirulina se
met à chanter,
puis les petits
poissons et
Plouf se joignent à elle.

— Silence! ordonne Le Marin.

Il tend la main vers Spirulina pour la bâillonner.

Alors le piranha sort de sa cachette et lui mord
la main férocement.

— Ouille! Ouille!
hurle-t-il aussitôt.

Le Marin recule en titubant. Spirulina est libre!

— Merci encore! lance-t-elle
au piranha.

— Il n'y a pas
de quoi! répond
le poisson, très fier de lui.

— Continuez à chanter
les amis! crie Spirulina.

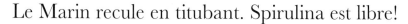

À ce moment-là, Le Bonasse
revient sur le pont avec une assiette de sandwiches.
Stupéfait, il observe la scène en clignant des yeux.

— Aidez-nous, Le Bonasse! supplie Spirulina.

Mais le pêcheur secoue la tête.

—Je... je n'ai pas le droit,
marmonne-t-il nerveusement,
en regardant Le Marin
et Le Rapide.

— S'il vous plaît, insiste Spirulina.

Mais Le Bonasse reste silencieux.

Spirulina et ses amis chantent aussi fort qu'ils peuvent, mais la maman de Plouf n'arrive toujours pas. Le cœur de Spirulina se serre. Il n'y a plus d'espoir…

Tout à coup, une voix retentissante se joint au chant. C'est Le Bonasse!

— Tais-toi donc, Le Bonasse! ordonne
Le Rapide, mais le pêcheur serre les poings et
continue à chanter.

Sa voix puissante résonne dans les airs.
Soudain, la mer s'agite et on entend
un grondement, puis un rugissement.
Le bateau commence
à trembler.

— Oh! oh! fait
Le Marin.

— Qu'est-ce qui se passe? crie Le Rapide.

WOUSH!

Le bateau est soulevé hors de l'eau. Spirulina, Plouf et les trois pêcheurs sont projetés dans les airs.

— Aaaaaah!

SPLASH!

Ils retombent dans la mer.

La maman de Plouf est enfin arrivée.

— Tu m'as retrouvé! s'écrie Plouf, déjà blotti
contre elle.

— J'ai entendu le chant des baleines, dit sa
maman en le serrant très fort. Oh! tu m'as fait une
telle peur! Ne pars plus jamais tout seul.

— Ne t'inquiète pas, je ne le ferai plus! promet
Plouf.

Les trois pêcheurs s'agitent désespérément dans l'eau. Spirulina va secourir Le Bonasse et le ramène au bateau.

— Au secours! À l'aide! S'il te plaît, sauve-nous aussi, gentille sirène! supplie Le Marin.

Spirulina leur jette un regard mauvais.

— Et pourquoi est-ce que je le ferais?

— Nous allons mieux nous comporter! bafouille Le Rapide.

— Je veillerai à ce qu'ils changent, dit Le Bonasse. Je prends le commandement de ce bateau. Et à partir de maintenant, c'est Le Courageux, mon nom. Compris?

— Oui, capitaine Le Courageux! crie Le Marin.

Alors, Spirulina les sauve aussi tous les deux.

— Bien joué, Le Courageux! s'exclame Spirulina. Sans votre voix puissante, la maman de Plouf ne nous aurait jamais entendus.

Tout le monde applaudit Le Courageux.

— Merci de m'avoir redonné courage, dit-il en souriant.

Il fait de grands signes d'au revoir pendant que le bateau s'éloigne.

— Et merci d'avoir sauvé mon bébé, Spirulina,
dit la maman de Plouf, qui s'appelle Splash.

— Je n'étais pas toute seule, déclare la sirène en
rougissant. Nous y sommes arrivés tous ensemble.

— Veux-tu que je te ramène
à Cap-aux-Sirènes? demande Plouf.

— Oui, merci! répond Spirulina avec un grand
sourire.

Coquillane et Coralie n'en croient pas leurs yeux
quand elles voient arriver Spirulina sur le dos
d'une baleine!

— J'étais prisonnier des pêcheurs et le chant de
Spirulina m'a sauvé, raconte Plouf, qui agite la
queue, ravi, et éclabousse tout le monde.

— Non! crie Coquillane et Coralie.

— Oups, désolé! dit Plouf.

Spirulina rit et secoue ses cheveux tout emmêlés.

— Voulez-vous jouer avec nous? demande-t-elle à ses sœurs.

— Bien sûr, répond Coralie.

— Après tout, on ne peut pas être plus décoiffées! ajoute Coquillane.

Les sirènes jouent avec Plouf et sa maman jusqu'au coucher du soleil.

Puis, heureuses et fatiguées, les trois sœurs disent au revoir aux baleines. Debout sur un rocher, elles agitent la main longtemps. Bientôt, elles ne voient plus que deux queues, une grande et une petite, qui disparaissent soudain dans les flots.

Spirulina sourit en se demandant quelle sera sa prochaine aventure.